gelesen

Marshall · Eine Bootsfahrt mit Caruso

James Marshall

Eine Bootsfahrt mit Caruso

Aus dem Amerikanischen übersetzt
von Anneliese Braun
Mit Zeichnungen des Autors

Loewe

Für Juretta

CIP-Titelaufnahme der Deutschen Bibliothek

Marshall, James:
Eine Bootsfahrt mit Caruso / James Marshall.
Aus d. Amerikan. übers. von Anneliese Braun. –
1. Aufl. – Bindlach: Loewe, 1988
Einheitssacht.: Taking Care of Carruthers <dt.>
ISBN 3-7855-2158-8

ISBN 3-7855-2158-8 – 1. Auflage 1988

Originalverlag: Houghton Mifflin Co., Boston, U.S.A.
Titel der Originalausgabe: Taking Care of Carruthers
Aus dem Amerikanischen übersetzt von Anneliese Braun
Deutsche Übersetzungsrechte durch Vermittlung
von Sheldon Fogelman

Umschlagzeichnung: James Marshall
Umschlaggestaltung: Creativ GmbH U. Kolb, Stuttgart
Satz: Voro, Rödental
Druck: Brönner & Daentler, Eichstätt
Printed in Germany

Inhalt

Prolog

An einem regnerischen und windigen Sonntagnachmittag im März saßen drei Freunde in ihrem behaglich geheizten Wohnzimmer zusammen und verdauten ihr Mittagessen.

„Es hat einfach köstlich geschmeckt“, sagte Ernestine.

„Freut mich“, erwiderte Emily. „Gebackene Pellkartoffeln sind ja auch meine Spezialität.“

„Schade, daß ich gar nichts geschmeckt habe“, sagte Caruso. Es klang griesgrämig.

Ernestine warf Emily einen vielsagenden Blick zu.

„Eine Erkältung mit Halsschmerzen ist ja auch so mit das Schlimmste“, sagte sie spitz.

„Es verdirbt einem richtig die Stimmung“, sagte Emily.

„Danke, meine Stimmung ist absolut hervorragend“, brummte Caruso säuerlich.

„Klar doch!“ stimmten Emily und Ernestine fast gleichzeitig zu.

Caruso stieß einen tiefen Seufzer aus und blickte auf den grünen, wild wachsenden Garten hinaus, hinter dem sich ein grauer Fluß träge dahinschlängelte.

„So weit, so gut“, sagte Emily ausgesprochen heiter, „und was machen wir heute nachmittag?“

„Wir könnten Schwarzer Peter spielen“, freute sich Ernestine.

„Wie langweilig!“ Caruso gähnte.

Seine Stimme hörte sich noch eine Spur krächzender an als zuvor. „Wir könnten uns Witze erzählen“, schlug Emily vor. „Kennt ihr den schon von dem ...“

„Kennen wir, kennen wir“, unterbrach sie Caruso gelangweilt, „und wir legen keinen Wert darauf, ihn noch einmal zu hören!“

„Oje! Oje!“ sagte Ernestine nur.

Emily wickelte fürsorglich eine indische Decke um Carusos Knie.

„Du darfst dich nicht noch mehr verkühlen“, meinte sie besorgt.

Caruso starrte düster vor sich hin.

„Hast du vielleicht Lust auf ein Hustenbonbon?“ brach Ernestine das Schweigen.

„Sie helfen doch kein bißchen“, sagte Caruso.

„Wie wäre es mit Tee mit furchtbar viel Honig?“ fragte Emily.

„Nein!“ kam es von Caruso knapp und bündig zurück.

„Hmm“, murmelte Emily nachdenklich, „höchst ungewöhnlich!“

Caruso erhob sich schwerfällig aus seinem Sessel und ging zur Tür.

„Ich mache einen kurzen Spaziergang im Garten“, sagte er, ohne die beiden Freundinnen auch nur eines Blickes zu würdigen.

„O nein!“ rief Ernestine entsetzt. „Draußen ist es kalt und ungemütlich! Du wirst nur noch kränker!“

„Setz dich sofort wieder hin!“ befahl Emily in strengem Ton.

Caruso tat wie ihm geheißen, und Emily wickelte die indische Decke wieder fest um seine Knie.

Draußen goß es inzwischen in Strömen.

Ernestine legte noch ein weiteres Holzscheit ins Feuer, während Emily die Teetassen abräumte.

Caruso blickte gelangweilt auf das verwirrende Sortiment an Erkältungsarzneien und Schnupfenmitteln neben seinem Sessel. Es bestand aus Pillen, Kapseln, Salben, Säften, Dampfapparat, Inhaliergerät und Papiertaschentüchern in drei verschiedenen Farben.

„Nichts kann mir helfen“, sagte er weinerlich.

Plötzlich kam ihm ein so trübsinniger Gedanke, daß seine Laune noch weiter absank.

„Vielleicht geht es mit mir bald zu Ende?“ sagte er mit Grabesstimme.

„Aber, aber“, beschwichtigte Ernestine ihn.

„Du meine Güte!“ Emily war jetzt genervt. „Sei bitte nicht albern!“

„Es wird euch schon noch leid tun, wenn ich erst nicht mehr bei euch bin“, krächzte Caruso.

„Wenn mir das schlechte Wetter so richtig auf den Geist geht“, erklärte Ernestine, „versuche ich mich abzulenken und lese ein schönes Buch.“

„Meine Augen sind zu müde zum Lesen“, sagte Caruso.

„Ich könnte dir ja eine Geschichte vorlesen“, schlug Ernestine vor.

„Oh, ich finde es schön, wenn jemand vorliest“, sagte Emily begeistert.

Ernestine ging zu Carusos Bücherregal.

„Du hast eine schöne Auswahl“, sagte sie. „Wie wäre es hiermit?“

Sie griff nach einem kleinen gelben Büchlein, setzte sich und schlug die erste Seite auf.

„Alice wurde allmählich . . .“

„Das habe ich letzte Woche erst gelesen“, sagte Caruso kurz angebunden.

„Dann versuchen wir es mit etwas anderem“, meinte Ernestine und entschied sich für ein orangefarbenes Buch aus dem dritten Fach.

„Dominik war ein lebhafter . . .“

„O nein!“ stöhnte Caruso. „Dieses Buch habe ich erst gestern gelesen!“

Ernestine gab sich noch nicht geschlagen und versuchte es mit einem dritten Büchlein.

„Der Hotelbesitzer müßte diese Gans hinauswerfen ..."

„Diese Geschichte kenne ich in- und auswendig", unterbrach Caruso sie erneut.

„Du scheinst jede Menge zu lesen", staunte Emily.

Ernestine kratzte sich nachdenklich am Kinn.

„Tja", sagte sie dann und öffnete ihre Tasche, „zufällig habe ich eine Geschichte mitgebracht. Habt ihr Lust, euch die eine oder andere Seite davon anzuhören?"

„Klingt vielversprechend", sagte Emily erwartungsvoll.

„Finde ich nicht", widersprach Caruso.

„Die Geschichte handelt von uns", verriet Ernestine.

„Hmm", knurrte Caruso.

„Oder ist es dir lieber, wenn *ich* etwas vorsinge?" fragte Emily mit Begeisterung in der Stimme.

„Mit Sicherheit nicht." Caruso schien entsetzt zu sein.

„Ganz wie du willst", entgegnete Emily.

„Du kannst nun anfangen", sagte Caruso gönnerhaft zu Ernestine und lehnte sich gelangweilt im Sessel zurück.

„Die Geschichte spielt an einem schönen Sommertag", sagte Ernestine.

„Fein!" unterbrach Caruso. „Bei Wintermärchen schlafe ich immer sofort ein."

„Fang schon an!" drängte Emily ungeduldig.

Ernestine räusperte sich und begann zu erzählen: „Es war einmal ..."

„Ihhh!" sagte Caruso. „Wieder eine von diesen ollen Kamellen! Mir persönlich sind Geschichten, die sich wirklich zutragen könnten, viel lieber."

Ernestine warf ihm einen bitterbösen Blick zu.

„So, gleich sind wir still!" sagte Emily.

Und schwupps! hatte sie Caruso ein Fieberthermometer in den Mund gesteckt.

Ernestine begann ein zweites Mal zu erzählen ...

Die Geschichte beginnt

Es waren einmal drei Freunde, um ganz korrekt zu sein, ein Bär, ein Schwein und eine Schildkröte, die an einem herrlichen Sonntagnachmittag, Mitte Juli, um genau ein Uhr zusammen am bemoosten Ufer des Chattahula-Flusses saßen. Sie langweilten sich und überlegten, wie sie die Zeit totschlagen könnten.

„Hier ist es wirklich stinklangweilig", sagte der Bär, der Caruso hieß.

„Wie recht du hast", seufzte das Schwein mit dem Namen Emily.

„Man kann nichts anderes tun als ein Nickerchen machen", sagte die Schildkröte, die auf den Namen Ernestine hörte.

Weil die warme Nachmittagssonne sie schläfrig machte, begannen die drei Freunde kräftig zu gähnen und nickten zu guter Letzt ein.

Einige Meter weiter floß träge ein milchig-grüner Fluß vorbei, und im hohen Schilfrohr rieben die Grillen ihre kratzigen Beine gegeneinander.

Caruso, Emily und Ernestine hatten allerhöchstens fünf Minuten geschlafen, als ein immer näher kommendes Spektakel sie unsanft aus ihren Träumen hochschrecken ließ.

Ein knallrotes Rennboot kam mit viel Getöse den Fluß heraufgefahren. An Bord tummelte sich eine Gruppe ausgelassener Foxterrier. Sie lachten und schrien wild durcheinander. Vermutlich hatten einige von ihnen etwas zu tief ins Glas geschaut.

„Flußabwärts im Stinktierland wird der alte Buzzard Watkins begraben", riefen die Foxterrier. „Den lieben langen Tag über wird gelacht und getanzt."

Und schon im nächsten Moment waren sie wieder verschwunden.

„Diese Foxterrier sind ein unmögliches Volk!" schimpfte Caruso.

„So etwas gehört verboten!" sagte Emily, die Foxterrier nicht leiden konnte – und schon gar keine angeheiterten.

„Sie scheinen aber viel Spaß zu haben", gab Ernestine zu bedenken.

Bald darauf hatte das hypnotische Plätschern der Wellen, die gegen das Flußufer schlugen, sie wieder in einen tiefen Schlaf versetzt. Anfangs hörte keiner von ihnen das Stöhnen. Doch als das Ruderboot näher trieb, drangen die markerschütternden Seufzer bis in ihre Träume, und die drei Freunde erwachten erneut.

„Seht ihr auch, was ich sehe?“ brummte Caruso und rieb sich noch schlaftrunken die Augen.

„Es ist niemand drin“, sagte Emily.

„Doch“, widersprach Ernestine, die trotz ihres Alters von einhundertundfünfzig Jahren erstaunlich gut sehen konnte.

„Das ist doch nur ein alter Stoffetzen“, erklärte Caruso.

Doch Ernestine sollte recht behalten. Was so malerisch über dem Bug des Bootes hing, war der lange, weiße Hals eines Schwans. Mit Hilfe einer Angelrute zog Ernestine das Boot ans Ufer.

„Seid gegrüßt!“ hauchte der Schwan, der ganz ohne Zweifel sehr krank aussah.

Caruso hob den Schwan vorsichtig aus dem Boot, während Emily ihm ein Glas Eistee eingoß.

„Wo bin ich?“ fragte der Schwan verwirrt nach einem ersten kräftigen Schluck.

„Du befindest dich hier in Rübenstadt“, sagte Caruso und stellte sich und seine beiden Freundinnen vor.

Der Schwan, der sich Alwin nannte, sah sich um.

„Land!“ rief er erfreut. „Festland!“

Als er aber wieder des Flusses ansichtig wurde, erschauerte er, und sein Gesicht nahm wieder einen kränklichen Ausdruck an.

„Oh!“ stöhnte er. „Hoffentlich muß ich mich nicht übergeben!“

„Mein lieber Schwan!“ sagte Emily bedauernd und goß ihm schnell ein zweites Glas Tee ein, das Alwin dankbar annahm.

Als er wieder einigermaßen zu Kräften gekommen war, erzählte er, daß er unterwegs war zur Geburtstagsfeier eines Freundes, der flußabwärts wohnte.

„Ich fürchte, ich bin dabei schrecklich seekrank geworden“, sagte er.

„Seekrank? Auf einem Fluß?“ sagte Ernestine verwundert.

„Sieht so aus!“ erwiderte Alwin.

„Ist das nicht etwas ungewöhnlich für einen Schwan?“ fragte Emily.

„Mag sein“, sagte Alwin, „aber ich kenne auch eine Menge Vögel, die luftkrank werden. Sie geben es nur nicht zu.“

„Du wirst dich bald wieder pudelwohl fühlen“, versicherte ihm Caruso, „und dann kannst du deine Fahrt fortsetzen.“

„Niemals!“ rief Alwin entsetzt. „Diesen Fehler mache ich kein zweites Mal. Vielen Dank, aber für den Rest des Weges nehme ich lieber den Zug. Könnt ihr mir vielleicht sagen, wo sich der nächste Bahnhof befindet?“

Emily erbot sich, Alwin auf ihrem Motorrad dorthin zu fahren.

„Das wäre sehr nett von dir“, sagte Alwin.

„Aber was wird aus deinem Boot?“ fragte Ernestine.

„Es gehört euch“, antwortete Alwin großzügig. „Ich möchte es nie wiedersehen.“

„Oh, das können wir nicht annehmen!“ wehrte Ernestine höflich ab.

„Darüber möchte ich kein weiteres Wort verlieren“, sagte Alwin. „Könntest du mich jetzt bitte zum Bahnhof bringen?“

„Bist du sicher, daß du schon wieder bei Kräften bist?“ fragte Ernestine besorgt.

„Ich bin wieder völlig fit“, versicherte Alwin und wandte den Blick vom Fluß ab.

Als Caruso ihm in den Seitenwagen des Motorrads geholfen hatte, bedankte sich Alwin, der Schwan, artig bei den dreien für seine Rettung.

Emily ließ den Motor ihrer Maschine aufheulen, daß man sein eigenes Wort nicht mehr verstehen konnte.

„Ich bin noch nie Motorrad gefahren!“ schrie Alwin. Er sah alles andere als zuversichtlich aus.

„Fahr vorsichtig!“ rief Ernestine ihnen noch nach. Und dann waren Emily und Alwin im Handumdrehen auch schon hinter der nächsten Kurve verschwunden. Null Komma nichts waren sie in Rübenstadt und rasten wie von Sinnen durch die Hauptstraße in Richtung Bahnhof.

„Fahr langsamer!“ rief Alwin beschwörend.

„Das ist noch gar nichts!“ brüllte Emily zurück und gab noch mehr Gas. „Du müßtest mit mir erst mal am Fluß entlangdonnern ...“

„So etwas müßte verboten werden“, murmelte Alwin leise vor sich hin.

Als Emily vom Bahnhof zurückkam, inspizierten die drei Freunde gerade ihr neues Boot. Sie kamen schnell zu dem Schluß, daß es recht stabil gebaut war.

„Ich habe eine Idee!“ sagte Caruso.

„Ich auch!“ sagte Emily.

„Warum auch nicht?“ meinte Ernestine.

Und so beschlossen sie noch in derselben Minute, eine Bootsfahrt auf dem Chattahula zu machen, was sehr lustig zu werden versprach.

„Es wird uns guttun, etwas Neues zu sehen“, sagte Caruso.

„Und aus dem alten Trott auszubrechen“, ergänzte Emily.

„Wir drei werden sicher viel Spaß zusammen haben“, bemerkte Ernestine.

Reisevorbereitungen

„Dann wollen wir mal!“ rief Emily begeistert.

„Nicht so schnell“, bremste sie Ernestine. „Derlei Unternehmungen bedürfen einer sorgfältigen Planung.“

„Können wir uns nicht einfach ins Boot setzen und losfahren?“ Emily tat verwundert.

„Und was ist mit dem Reiseproviant?“ fragte Ernestine. „Den Landkarten und Schwimmwesten? Dem Fotoapparat?“

„Verbandszeug ist auch sehr wichtig“, warf Caruso ein.

„Oh!“ sagte Emily betroffen.

„Dann beginnen wir am besten gleich mit den Vorbereitungen“, sagte Ernestine und ergriff einen Bleistift und einen Block, um ihre Reise generalstabsmäßig zu planen.

Nachdem jeder mit einer Aufgabe betraut worden war, beschlossen die drei Freunde, sich Punkt halb zwei wieder am Boot zu treffen. Doch als Caruso und Ernestine dort eintrafen, war von Emily noch nichts zu sehen.

„Was sie wohl aufgehalten hat?“ fragte Ernestine.

Doch schon nach wenigen Minuten war in der Ferne lautes Motorradgeknatter zu hören. Emily raste auf ihrer Maschine heran, daß ihre großen Ohren im Winde flatterten.

„Sie fliegt geradezu!“ sagte Ernestine bewundernd.

„Hallo!“ rief Emily. „Ihr müßt mir ein bißchen helfen!“

Sie hatte ein seltsames Gebilde auf dem Gepäckträger festgeschnallt.

„Das ist der größte Picknickkorb, den ich je gesehen habe“, stieß Caruso beeindruckt hervor.

„Wir wollen schließlich nicht verhungern“, sagte Emily. „Ihr wißt, wie einem der schönste Ausflug verleidet werden kann, wenn man nicht genügend zum Essen dabeihat.“

Bei diesen Worten öffnete sie den Picknickkorb und zählte auf, was sie eingepackt hatte.

„Ein Dutzend belegte Eierbrötchen, ein Dutzend Fischstäbchen, zweieinhalb Dutzend Hackfleischbällchen, drei große Tüten Kartoffelchips, eine große Schüssel Kartoffelsalat, ein Dutzend Wurstbrötchen, eine große Büchse Sauerkraut, eine große Flasche französischer Senf und eine Flasche Tomatenketchup."

„Ist das *alles*?" fragte Caruso.

„Eine große Thermoskanne mit Bowle", fuhr Emily fort, „eine umgestülpte Ananastorte, ein Dutzend Honigkekse, drei Himbeertorten, einen Walnußkuchen, ein Dutzend glasierte Berliner und zwei Dutzend Schokolade-Eclairs."

„Hoffentlich kriegen wir unterwegs keinen großen Hunger", sagte Caruso sichtlich besorgt.

„Ich hatte schließlich nicht viel Zeit!" verteidigte sich Emily.

„Wißt ihr was?" sagte Ernestine. „Der Proviant ist viel zu schwer für unser kleines Boot. Damit sinken wir auf der Stelle auf den Grund des Flusses."

„Oh, daran hab' ich natürlich nicht gedacht", sagte Emily geknickt. „Vielleicht sollten wir einen Teil gleich aufessen. Dann ist der Korb nicht mehr so schwer!"

Caruso erklärte Emily, daß dies ihre Situation nicht wesentlich verbessern würde.

„Tut mir ja selber sehr leid", sagte er, „aber wir müssen einige der Sachen hierlassen."

„Ich verstehe", sagte Emily mit einem betrübten Seufzer. „Aber macht mir bitte keine Vorwürfe, wenn euch unterwegs vor Hunger der Magen knurrt!"

„Aber was machen wir mit all dem Zeug, das wir hierlassen?" sagte Ernestine. „Wir können es doch nicht wegwerfen, das wäre jammerschade!"

Und wie das Schicksal es so wollte, kam gerade in diesem Moment ein armer Landstreicher des Weges.

„Habt ihr nicht etwas Eßbares für mich übrig? Ich werde zur Zeit vom Pech verfolgt", sagte er und streckte ihnen seine schmutzige Pfote entgegen.

„Und ob wir etwas haben!" sagte Ernestine.

Großzügig überließ sie dem armen Kerl mehr als drei Viertel von Emilys Proviantkorb.

„Heiliger Bimbam!" rief der Landstreicher überwältigt aus und ließ sich unter einem Baum ins Gras fallen, um an diesem schattigen Ort all die köstlichen Wunder zu betrachten – und sich einzuverleiben.

Die Fahrt beginnt

„Jetzt können wir ablegen“, sagte Ernestine.

„Ich bin schrecklich aufgeregt“, piepste Emily, als sie ins Boot kletterte und sich auf dem Picknickkorb niederließ.

„*Ich* werde der Kapitän sein!“ verkündete Caruso.

„Schön“, sagte Ernestine, „ich bin damit einverstanden.“

„Na, entschuldige mal bitte“, protestierte dagegen Emily. „Warum solltest ausgerechnet *du* Kapitän sein? Warum nicht ich?“

„Ich bin der Kapitän“, sagte Caruso, „weil ich der Größte bin. Und damit basta. Jetzt laßt uns ablegen.“

Doch als Caruso das Boot betrat, stieg Emily wieder aus.

„Ich will dir mal eins sagen, Caruso“, sagte sie, „das ist das dümmste Argument, das ich je gehört habe.“

„Ich weigere mich, darüber zu diskutieren“, sagte Caruso. „Und jetzt komm gefälligst ins Boot!“

„Nur wenn ich der Kapitän sein darf“, sagte Emily störrisch und ließ sich demonstrativ auf einem Stein nieder.

„Es gibt sicher eine Möglichkeit, die Sache gütlich zu bereinigen“, sagte Ernestine. „Laßt uns doch ...“

„Ruhe!“ rief Emily.

„Halt dich da lieber raus!“ rief Caruso.

„Caruso ist ein richtiger Kindskopf!“ schimpfte Emily.

„Und *du* verdirbst uns den ganzen Ausflug“, sagte Caruso.

„Dann fahrt doch einfach ohne mich“, erwiderte Emily trotzig.

„Gute Idee!“ sagte Caruso und stieg ins Boot.

„Nun kommt schon“, sagte Ernestine, die sich nicht aus der Ruhe bringen ließ. „Jeder weiß, daß der Kapitän eines Ruderboots das Rudern übernehmen muß.“

Caruso starrte sie mit offenem Mund fragend an.
„Ach, wirklich?“ sagte Emily erstaunt.
„Stimmt das?“ sagte Caruso. „In diesem Fall kann Emily ruhig unser Kapitän sein.“
„Ich muß mich um den Reiseproviant kümmern“, wehrte Emily ab.
„Und ich muß die Landkarte lesen“, erklärte Caruso.
Ernestine ergriff die Ruder.
„Gut, dann bin ich vorläufig Kapitän“, sagte sie entschlossen, „aber nur, bis ich müde werde.“
Die anderen waren der Meinung, daß dies ein fairer Kom-

promiß sei, und kamen darin überein, daß die Auseinandersetzung vorhin nur auf einem dummen Mißverständnis beruht habe.

Emily kletterte wieder in das Boot und klappte ihren Sonnenschirm auf.

„Ich bekomme sehr leicht einen Sonnenbrand", sagte sie, als sie die erstaunten Blicke der anderen bemerkte.

„Nun laßt uns endlich ablegen", drängte Ernestine. Sie legte sich in die Riemen, und das Boot mit den drei Freunden tanzte leicht wie eine Feder auf den Wellen des großen Flusses dahin.

Der Autogrammhund

Gleich nach der ersten Flußbiegung sahen sie eine seltsame Gestalt, die am Ende einer wackligen und wenig Vertrauen erweckenden Anlegestelle stand. Beim Näherrudern erkannten die drei Freunde, daß es ein junger Hund war. Er hatte eine Baskenmütze auf dem Kopf und eine dunkle Brille auf der Nase. Aufgeregt sprang er hin und her. Offensichtlich wollte er ihre Aufmerksamkeit auf sich lenken.

„Ich frage mich, was der will", sagte Emily.

„Es gibt nur *eine* Möglichkeit, das herauszufinden", erklärte Caruso weise.

Ernestine steuerte das Boot längsseits an den Steg. Der Hund schien außergewöhnlich aufgeregt zu sein, mehr als dies bei Hunden normalerweise zu beobachten ist. Abgesehen davon, daß er ständig hin und her hüpfte, kaute er auch noch an den Fingernägeln. In den Pfoten hielt er ein Notizbuch und einen Kugelschreiber.

„Ahoi!" rief Ernestine, aber sie war sich nicht sicher, ob das der übliche Flußschiffergruß war.

Der Hund war viel zu aufgeregt, um auch nur „Hallo" zu sagen.

„Oh, oh!" rief er statt dessen. „Ich halte es kaum noch aus. Schnell, verratet mir, ob ihr jemand seid oder nicht!"

„Natürlich sind wir jemand", sagte Caruso. „Mein Name ist Caruso, und meine beiden Begleiterinnen heißen Emily und Ernestine."

„Wie?" fragte der Hund verdutzt.

Caruso wiederholte ihre Namen.

„Nie von euch gehört", sagte der Hund. „Vielleicht habe ich mich geirrt. Aber ich finde, ihr seht aus, als wärt ihr jemand. Zumindest von weitem."

„Aber wir sind doch jemand." Ernestine war verwirrt.

„Nein, nein", sagte der Hund und wurde noch nervöser. „Was ich meine, ist, ob ihr *Jemand* seid. Ja oder nein?"

„Was meinst du bloß?" fragte Caruso.

„Jemand Berühmtes!" sagte der Hund schon am Rande der Verzweiflung. „Denn wenn ihr es seid – berühmt, meine ich –, dann habt ihr die Ehre, in mein Autogrammbuch aufgenommen zu werden. Wenn ihr jedoch nicht berühmt sein solltet, nun, dann sieht die Sache natürlich ganz anders aus. Also, was ist nun?"

„Tut mir leid", sagte Ernestine, „aber berühmt ist keiner von uns."

„Nicht ein einziger von euch?" sagte der Hund und schien gleich in Tränen ausbrechen zu wollen.

„Nee!" sagte Ernestine.

„Wenn ich das geahnt hätte!" rief der Hund enttäuscht. „Welche Zeitvergeudung!"

„Das ist doch nicht unsere Schuld", erklärte Ernestine.

„Oh, schon gut", sagte der Hund, von dessen anfänglicher Begeisterung nichts mehr zu spüren war. „Die meisten Leute, die ich treffe, sind nicht berühmt. Und eigentlich ist mein Autogrammbuch auch so gut wie leer."

„Das ist schade", tröstete ihn Caruso, „aber du darfst nicht aufgeben. Ich bin sicher, daß eines Tages schon noch jemand kommt, der es wert ist, in dein Autogrammbuch aufgenommen zu werden."

„Das stimmt", sagte der Hund, und sein Gesichtsausdruck hellte sich auf. „Nächstes Mal hab' ich mehr Glück, sage ich mir immer."

Mit diesen Worten verschwand er hinter den Bäumen.

Ernestine ruderte weiter. Die drei Freunde hingen ihren Gedanken nach.

„Wärst du gern berühmt?" brach Emily das Schweigen.

„Darüber habe ich mir noch nie Gedanken gemacht", entgegnete Ernestine. „Ich glaube, es gibt wichtigere Dinge im Leben."

Caruso jedoch hatte einen träumerischen Blick in den Augen. „Berühmt sein", sagte er, „ich könnte mir vorstellen, daß es sehr lustig ist. Zumindest eine Weile. Man wird sicherlich oft zum Essen eingeladen. Bis man es schließlich satt hat."

Tee und Lebertran

Nachdem sie eine Weile weitergerudert waren, machte Emily die beiden anderen auf ein prächtiges Haus am Ufer aufmerksam.

„Das muß der Lebertran-Palast sein", sagte Caruso nach einem Blick auf seine Karte.

„Was ist der Lebertran-Palast?" wollte Emily wissen.

„Gerade *du* hast bestimmt schon von Ambrosia Lebertran gehört, der weltberühmten Kochbuchautorin", flachste Caruso.

Emily wollte ihren Ohren nicht trauen. „Ambrosia Lebertran wohnt hier? Ambrosia Lebertran, meine allerliebste Lieblingsschriftstellerin von der ganzen Welt?"

„Ich wußte, es würde dich interessieren." Caruso schmunzelte.

„Was haltet ihr davon, ihr einen kurzen Besuch abzustatten?" sagte Ernestine.

„Ja, warum eigentlich nicht?" sagte Caruso. „Sie soll sehr nett sein, habe ich jedenfalls gelesen."

Emily fand vor Aufregung keine Worte.

„Aber meint ihr nicht, es ist unhöflich, einfach so hereinzuplatzen?" gab Ernestine zu bedenken.

„Du hast recht", sagte Caruso. „Wir sollten ihr ein kleines Geschenk mitbringen, dann freut sie sich vielleicht."

Emily verschwand in ihrem Picknickkorb. „Wir könnten ihr die umgestülpte Ananastorte schenken. Ich habe sie nach Ambrosia Lebertrans ureigenem Rezept gebacken."

„Ich bin sicher, daß sie sich darüber freuen wird", sagte Caruso.

Ernestine band das Boot an dem kleinen Bootssteg fest, der zum Lebertran-Palast gehörte. Caruso half währenddessen Emily beim Tortetragen.

„Ich bin schrecklich nervös“, gestand Emily, als sie sich dem Haus näherten. „Worüber sollen wir bloß mit ihr reden?“

„Uns fällt bestimmt etwas ein“, beruhigte Caruso sie. „Schließlich haben wir drei schon viel erlebt und wissen viel zu erzählen.“

Er läutete an der Tür. Nichts geschah.

Er läutete erneut, doch auch dieses Mal tat sich nichts.

„Vielleicht ist Fräulein Lebertran gar nicht da“, sagte Emily.

„O doch, Fräulein Lebertran ist durchaus da“, tönte es in einer scharfen, dünnen Stimme von oben.

Als Caruso, Emily und Ernestine verwundert hochblickten, sahen sie ein älteres Fräulein, das aus einem der oberen Fenster herabblickte.

„Fräulein Lebertran ist zwar anwesend, aber sie empfängt keine Gäste", erklärte die Dame. „Sie macht gerade ein Nikkerchen."

Der Tonfall der Dame gefiel Caruso ganz und gar nicht.

„Würden Sie Fräulein Lebertran bitte mitteilen, daß drei Reisende ihr als Zeichen ihrer Hochschätzung eine umgestülpte Ananastorte überreichen möchten?"

„Ich bedauere", sagte die Frau, „aber Fräulein Leber ..."

„Einen Moment", rief da eine tiefere, klangvolle Stimme. „Bitten Sie unsere Gäste herein, Fräulein Zwetschgenkern. Ich komme gleich herunter."

Fräulein Zwetschgenkern, denn so hieß die säuerlich dreinblickende Dame, verschwand vom Fenster und tauchte in der Haustür wieder auf.

„Bitte treten Sie näher", sagte sie mit ihrer Trauerstimme. „Ambrosia Lebertran wird in Kürze herunterkommen."

„Besten Dank!" entgegnete Caruso höflich und trat, sich neugierig umblickend, in den Lebertran-Palast ein.

Fräulein Zwetschgenkern führte die drei Gäste in einen kleinen Salon.

„Ich werde eine Flasche Limonade bringen", sagte sie und ließ Emily, Ernestine und Caruso allein.

„Welch geschmackvoll eingerichtetes Zimmer", bemerkte Emily, als sie die vielen Aquarelle mit Obst- und Gemüsemotiven an der Wand betrachtete.

Dann hörte man schwere Schritte die Treppe herunterkommen.

„Fräulein Lebertran ist nicht gerade die Zierlichste, glaube ich", flüsterte Caruso.

„Das ganze Haus bebt", sagte Ernestine andächtig.

Emily hatte schreckliches Herzklopfen. Ihre Augen waren gespannt auf die Tür gerichtet, durch die auch schon eine korpulente Dame hereinkam. Es war eine eindrucksvolle Erscheinung.

„Ambrosia Lebertran", stellte sie sich in ihrer tiefen Stimme vor. „Wie nett von euch, einmal bei mir vorbeizuschauen!"

Caruso gab Fräulein Lebertran die Hand und stellte ihr Emily und Ernestine vor.

„Wie geht es Ihnen?" sagte Ernestine höflich.

Emily brachte vor Aufregung keinen Ton heraus. Sie war gerade noch fähig, Fräulein Lebertran ihre umgestülpte Ananastorte zu überreichen.

„Wie reizend von euch“, sagte Fräulein Lebertran entzückt und gab ihnen das Zeichen, sich zu setzen.

„Ist heute nicht ein ganz herrlicher Tag? Es verlangt einen geradezu nach einer Erfrischung, würde ich sagen. Meine Haushälterin, Fräulein Olivia Zwetschgenkern, wird jeden Moment mit Limonade und Butterkeksen kommen, die hervorragend zu dieser lecker aussehenden Torte passen. Ihr werdet Fräulein Zwetschgenkern mögen. Sie hilft mir beim Verfassen meiner Kochbücher. Wir probieren jedes Rezept mindestens ein dutzendmal aus – meistens noch häufiger.“

Fräulein Lebertrans Blick fiel auf Emilys Bluse.

„Welch entzückenden Pistazienton Ihre Bluse hat, meine Liebe!“

„Oh, schönen Dank!“ piepste Emily, und ihr Gesicht wechselte die Farbe von Zartrosa nach Dunkelrot.

„Ich persönlich ziehe Zitrustöne für mich vor“, erklärte Ambrosia Lebertran. „Lindgrün, Zitronengelb und Orange. Meine Haushälterin, Fräulein Zwetschgenkern, dagegen mag mehr pflaumenblaue und schokoladebraune Farbtöne.“

In diesem Augenblick betrat Fräulein Zwetschgenkern den Raum und schob einen Teewagen aus Korbgeflecht vor sich her.

„Ich habe auch ein paar belegte Brote gemacht“, bemerkte sie trocken.

Ihre Stimmung schien sich kein bißchen gebessert zu haben. „Sie dürfen nicht zu viel Zeit mit dem Imbiß vertrödeln“, drängte Fräulein Zwetschgenkern. „Wir müssen schließlich das Kapitel über den Möhrenkuchen noch heute abend abschließen.“

Fräulein Lebertran schenkte ihren Worten keinerlei Beachtung. „Ihr müßt unbedingt einen von Fräulein Zwetschen-

genkerns herrlichen Keksen probieren, meine Lieben.“ Fräulein Lebertran war richtig aufgekratzt.

„Ein wunderschönes Haus haben Sie“, lobte Caruso.

„Danke“, erwiderte Fräulein Lebertran. „Der Pfefferkuchenstil hat mir von jeher gefallen.“

„Ist dieses Haus denn aus Lebkuchen gemacht?“ fragte Emily erstaunt.

Caruso klärte sie darüber auf, daß der Begriff „Pfefferkuchen“ sich in diesem Fall auf einen bestimmten älteren Baustil bezog.

„Ja, dieses Haus ist ganz nach meinem Geschmack“, sagte Fräulein Lebertran. „Im Winter ist es schön warm wie ein frisches Toastbrot, und im Sommer ist es so kühl wie eine frische Gurke. Im Sommer gehe ich allerdings nicht viel ins Freie. Ich möchte mir meinen zarten, pfirsichfarbenen Teint nicht verderben.“

Während dieses Plauderstündchens stand Fräulein Zwetschgenkern unbeweglich wie ein Zinnsoldat hinter

Fräulein Lebertrans Ohrensessel. Von Zeit zu Zeit jedoch beugte sie sich herab und flüsterte etwas in Fräulein Lebertrans Ohr. Nervös klopfte sie dabei mit dem Fuß auf den Boden.

„Beruhige dich doch, Zwetschgy", sagte Fräulein Lebertran. „Jetzt hast du mich völlig aus dem Konzept gebracht. Wo war ich stehengeblieben? Ach ja, mein zarter Teint."

Sie beugte sich zu ihren Gästen vor und flüsterte leise: „Fräulein Zwetschgenkern verbringt sehr viel Zeit in der Sonne bei Gartenarbeiten. Manchmal ist sie abends dann rot wie eine Tomate. Aber was quassel' ich da wieder alles zusammen! Ich habe euch noch nicht einmal gefragt, wohin euch die Reise führt!"

Emily erzählte ausführlichst, wie sie in den Besitz des Bootes gelangt waren, und Ernestine schilderte den bisherigen Verlauf ihrer Reise.

Caruso warf einen Blick auf seine Taschenuhr. „Du meine Güte!" rief er aus. „Wir haben schon viel zuviel von Ihrer wertvollen Zeit in Anspruch genommen. Wir müssen uns wirklich wieder auf den Weg machen."

Auch Fräulein Zwetschgenkern nickte heftig.

Ernestine und Emily stimmten ihm zu.

„Ich habe gesehen, daß ihr einen Fotoapparat dabeihabt", sagte Fräulein Lebertran. „Macht doch noch ein Foto, bevor ihr geht!"

„Mit dem allergrößten Vergnügen!" rief Caruso begeistert.

Ambrosia Lebertran lehnte sich in ihrem Sessel zurück und nahm eine vornehme Pose ein. Emily und Ernestine stellten sich rechts und links des Sessels auf, während Fräulein Zwetschgenkern ihre bisherige Aufstellung – und ihren sauertöpfischen Gesichtsausdruck – beibehielt.

„Lächle, Zwetschgy!" mahnte Fräulein Lebertran.

„Klick!“ machte da auch schon die Kamera.

„Aber nun müssen wir uns wirklich endgültig auf die Beine machen“, drängte Caruso.

Fräulein Lebertran und Fräulein Zwetschgenkern begleiteten ihre Gäste noch bis zur Haustür.

Fräulein Lebertran übergab jedem von ihnen eine Ansichtskarte, auf der das Lebertran-Gebäude abgebildet war. Ihre treue Verehrerin Emily erhielt außerdem noch ein Glas selbstgemachte Johannisbeermarmelade.

Fräulein Zwetschgenkern hingegen beließ es bei einem formellen „Auf Wiedersehen“.

„Vielleicht könnten wir Sie irgendwann wieder einmal besuchen?“ sagte Caruso.

„Das fände ich reizend!“ erklärte Fräulein Lebertran mit honigsüßem Lächeln.

Als die drei Freunde wieder in ihrem Boot saßen und flußabwärts ruderten, sagte Ernestine, daß sie Fräulein Lebertran sehr sympathisch fände.

„Sie ist eine großartige Frau“, erklärte Caruso.

„Und eine so interessante Gesprächspartnerin“, fügte Emily hinzu.

Die Maulwurf-Schwestern

„Hilfe! Zu Hilfe!“ brüllten zwei Maulwürfe aus Leibeskräften. Sie standen nebeneinander auf einem Felsen mitten im Fluß.

„Rettet uns!“

„Wir kommen!“ rief Ernestine.

„Rudere etwas schneller!“ sagte Emily. „Sie scheinen in großer Not zu sein!“

„Wir kommen!“ wiederholte Ernestine.

„Hilfe! Hilfe!“ riefen die Maulwürfe.

„Was können wir für euch tun?“ fragte Caruso, als sie bei dem Stein angelangt waren.

Die beiden Maulwürfe waren derart außer sich, daß sie zuerst gar keine Worte fanden.

„Wie seid ihr nur hierhergekommen?“ fragte Emily.

„Es war *ihre* Schuld!“ rief das eine Maulwurfmädchen. „*Sie* bringt uns ständig in Schwierigkeiten!“

„Hört euch das an!“ rief das andere Maulwurfmädchen. „Meine Schwester ist die größte Lügnerin weit und breit!“

„Schäm dich!“ rief da ihre Schwester. „*Du* warst es doch, die diese Idee zuerst hatte. Und jetzt schaut uns an! Wir werden hier draußen vor Hunger sterben müssen!“

„Aber, aber ...“, versuchte Ernestine die beiden Streithähne zu beschwichtigen, doch sie kam nicht zu Wort.

„Frechheit!“ brüllte die zweite Schwester erbost zurück. „Du willst dich nur wieder aus der Affäre ziehen!“

„Hüte deine Zunge!“ zischte die andere. „Sonst kriegst du eine saftige Ohrfeige von mir.“

„Aber meine Damen“, sagte Caruso kopfschüttelnd.

„Von dir habe ich die Nase gestrichen voll!“ rief nun die erste der Schwestern.

„Danke, gleichfalls!“ sagte die andere.

„Nun hört euch die beiden an!“ rief Emily, die allmählich die Geduld verlor. „Wollt ihr von diesem Felsen herunter oder nicht? Damit ihr Bescheid wißt! Wir wollen nicht den Rest des Tages hier verbringen.“

Die Maulwurfschwestern verstummten mit einem Schlag.

„Klar, natürlich wollen wir weg von hier!“ sagten sie wie aus einem Munde. „Glaubt ihr, es ist lustig, hier festzusitzen?“

„Sollen wir euch ans Ufer rudern?“ fragte Caruso.

„Das wäre äußerst nett von euch“, sagte die Schwester, die näher bei ihm stand.

„Wir werden zweimal fahren müssen“, erklärte Ernestine. „Ihr paßt nicht beide gleichzeitig ins Boot.“

„O nein!“ riefen die Maulwurfschwestern entsetzt. „Das kommt überhaupt nicht in Frage!“

„Warum nicht?“ fragte Caruso.

„Aus einem ganz einfachen Grund“, erklärte die erste Schwester. „Weil wir immer alles gemeinsam machen.“

„Wir möchten niemals getrennt sein“, sagte ihre Schwester, „nicht eine Minute lang.“

„Aber viel länger wird es auch nicht dauern“, sagte Caruso. „Zuerst fahren wir die eine, dann die andere ans Ufer.“

„Nichts zu machen“, riefen die Maulwurfschwestern einhellig. „Dann bleiben wir beide lieber hier.“

„Was machen wir nun?“ sagte Caruso leise zu seinen beiden Freundinnen. „Wir können sie doch nicht hierlassen.“

„Ganz sicher nicht!“ sagte Emily.

„Da gibt es nur eine Möglichkeit“, sagte Ernestine bestimmt und ergriff die Ruder. Und sie ruderte das Boot ans Ufer, setzte Caruso und Emily ab und kam dann wieder zu dem Felsen, um die beiden streitsüchtigen Schwestern einzuladen. Die hatten längst damit aufgehört, sich gegenseitig Vorwürfe zu machen. Sie schienen sich über ihre Rettung zu freuen.

Als die drei Freunde sich wieder auf ihrem Weg flußabwärts befanden, sagte Emily nur: „Jetzt haben wir nicht einmal erfahren, wie diese Maulwürfe überhaupt auf diesen Felsen gekommen sind ..."

Die Pferdebremse

„Wir überqueren gerade die Grenzlinie zum Stinktierland", sagte Caruso, als das Ruderboot an einem moosbewachsenen Grenzstein am Ufer vorbeifuhr. „Was für ein Glück, daß ich dies hier mitgenommen habe."

Er griff in seine Schultasche und zog ein großes, dickes Buch heraus. Es trug den Titel: *Geschichte des Stinktierlandes, Band XXXII.*

„Hier müßte alles Wissenswerte drinstehen", sagte Ernestine, die sich sehr für Geschichte interessierte.

„Ich finde, es sieht stinklangweilig aus", erklärte Emily.

„Leben hier nur Stinktiere?" wollte Ernestine wissen.

„Nein, nein!" sagte Caruso. „Das ist nur ein Name."

„Lies uns doch ein bißchen daraus vor", bat Ernestine.

„Gut", sagte Caruso, der nichts anderes erwartet hatte, und schlug das Buch aufs Geratewohl auf. „Ich beginne auf der Seite vierhundertneunundzwanzig.

‚Seit der Gründung des Stinktierlandes im Jahre 1867 durch den berühmt-berüchtigten Oberst Clemens J. Stinktier . . .'"

„Warum berühmt-berüchtigt?" unterbrach ihn Emily.

„Keine Ahnung", erwiderte Caruso. „Das steht wahrscheinlich in einem früheren Band."

„Lies weiter!" drängte ihn Ernestine.

Caruso begann noch einmal von vorne: „‚Seit der Gründung des Stinktierlandes im Jahre 1867 durch den berühmt-berüchtigten Oberst Clemens J. Stinktier haben die Bewohner dieser Region durch ihre listige, verschlagene, hinterhältige und nichtsnutzige Art von sich reden gemacht. Nur den wenigsten Einwohnern darf man über den Weg trauen, denn fast alle sind grenzenlos habgierig, fies und unaussteh-

lich. Vor allem ihre bemerkenswerte Neigung zum Lügen und Schwindeln hat ihnen traurige Berühmtheit eingebracht.'"

„Meine Güte", sagte Emily, „ein interessantes Buch. Aber meint ihr, das stimmt alles?"

„Das werden wir bald feststellen", sagte Ernestine.

Caruso las weiter laut vor: „‚Die Bezirkshauptstadt des Stinktierlandes ist die düstere Stadt Ostkaff. Vom Besuch dieser Stadt ist Touristen generell abzuraten, da es sich dabei um einen gefährlichen Ort handelt.'"

„Ojemine!" jammerte Ernestine.

„‚Viele bekannte Desperados'", las Caruso weiter, „‚stammen aus dem Stinktierland.'

Und hier folgt nun eine lange Liste mit ihren Namen."

„Lies vor", drängte Emily, die vor Spannung schon auf der Kante ihres Sitzes saß.

Caruso las die Liste vor. Dabei ließ er jeden Namen genußvoll auf der Zunge zergehen. Es war beeindruckend:

JONAS SCHLANGENÖL
BENNY DER GIFTZAHN
TOM FAULAPFEL
JOSEF VOGELHIRN
JOHNSON KNASTBRUDER
DONALD DAS WIESEL
PISTOLEN-HEINER
LOUISE HÜPFBEIN

„Von ihr hab' ich schon gehört!“ unterbrach Emily.

„Hier ist eine interessante Fußnote“, fuhr Caruso mit seinen Ausführungen fort. „Sie besagt, daß einige der Stinktierbewohner *so* abgrundtief schlecht waren, daß sie vor lauter Schlechtigkeit geplatzt sind.“

„Aua!“ rief da Emily. „Gerade hat mich etwas in die Nase gestochen!“

„Autsch!“ rief im nächsten Moment auch schon Caruso. „Auch ich bin gestochen worden!“

„Das war diese Pferdebremse da“, erklärte Ernestine und zeigte auf einen surrenden dunklen Punkt in der Luft.

„So ein Miststück!“ schimpfte Emily.

„Achtung, sie kommt schon wieder!“ rief Ernestine warnend.

Die Pferdebremse stürzte sich in einem unerschrockenen Frontalangriff erneut kopfüber auf das Ruderboot. Caruso versteckte sich unter der indischen Decke, die er vorsorglich mitgenommen hatte. Emily sprang kurzerhand in den Picknickkorb hinein und schlug den Deckel zu. Nur Ernestine, die nicht befürchten mußte, gestochen zu werden, starrte den Angreifer zornig an. Das Insekt bremste mitten im Flug scharf ab und kam ein paar Zentimeter vor Ernestines Kopf zum Stehen.

„Mist!“ sagte das Tierchen. „*Dich* kann ich ja gar nicht stechen!“

„Du solltest dich schämen!“ sagte Ernestine vorwurfsvoll. „Harmlose Fremdlinge derart zu überfallen!“

„Erwartest du etwa von mir, daß ich meine eigenen Freunde steche?“ entgegnete die Pferdebremse spitz.

„Du solltest überhaupt niemanden stechen“, sagte Ernestine. „Ein Pferdebremsenstich tut wirklich sehr weh!“

„Das kannst du laut sagen!“ ertönte Emilys Stimme aus dem Innern des Picknickkorbes.

„Es tut mir leid“, sagte die Pferdebremse. „Wenn ihr wieder herauskommt, verspreche ich, euch nicht noch einmal zu stechen!“

„Versprich es und leg die Hand aufs Herz!“ tönte es dumpf unter Carusos Decke hervor.

„Ich verspreche es! Ich verspreche es!“ sagte die Pferdebremse und hielt die Hand auf ihr kleines Herz.

Emily und Caruso kamen vorsichtig aus ihren Verstekken hervor. Beide hatten eine dicke Beule auf der Nase.

„Herrje!“ sagte die Pferdebremse. „Ich wette, das tut ziemlich weh.“

„Du bist vielleicht fies!“ sagte Emily.

„Man müßte dich anzeigen“, wetterte Caruso.

„Beruhigt euch wieder!“ sagte die Pferdebremse gelassen. „Ganz zufällig habe ich ein Mittel gegen diese Stiche bei mir.“ Sie griff in ihre kleine Westentasche und zog ein winziges blaues Fläschchen heraus.

„Das ist meine Spezialsalbe nach Großmutters Rezept“, erklärte sie. „Sie wirkt speziell gegen ... Pferdebremsenstiche. Und sie kostet euch nur zwei läppische Markstücke.“

„Niemals!“ rief Caruso empört.

„Erst stichst du uns, und dann willst du uns eine Salbe andrehen!“ rief Emily. „So etwas Unverschämtes habe ich noch nie gehört!“

„Geschäft ist eben Geschäft“, erklärte die Pferdebremse sachlich.

„Ich bin sicher, das ist gesetzeswidrig!“ sagte Ernestine.

„*Natürlich* ist es verboten“, erklärte die Pferdebremse. „Aber ich wäre die Schande und das schwarze Schaf meiner Familie, wenn dem nicht so wäre.“

„Das muß eine feine Familie sein“, bemerkte Ernestine.

„Wir sind bekannt hier in der Gegend“, sagte die Pferdebremse stolz. „Ich nehme an, ihr habt schon von Jonas Schlangenöl gehört?“

„In der Tat, das haben wir!“ seufzte Emily.

„Nun, er ist ein entfernter Vetter väterlicherseits von mir“, sagte die Pferdebremse und blickte stolz in die Runde.

„Man müßte dich ins Gefängnis sperren“, sagte Ernestine.

„Ach was!“ sagte die Pferdebremse verächtlich. „Ich war schon öfter im Gefängnis, als ich zählen kann. Aber ich bin noch jedesmal wieder entkommen!“

„Gut, aber mit uns wirst du jedenfalls keine Geschäfte machen“, sagte Caruso und griff nach seinem Verbandskasten.

„Eine Mark“, feilschte die Pferdebremse. „Das ist mein letztes Angebot.“

„Nein“, sagte Caruso entschieden und rieb Emilys geschwollene Nase mit einer Salbe ein. „Und das ist *mein* letztes Wort.“

Die Pferdebremse steckte schmollend die kleine blaue Flasche wieder in ihre Westentasche.

„Man kann nicht immer Glück haben. Schön, ich muß weiter. War nett, mit euch zu plaudern.“

„Ich könnte wetten, du bist schon auf der Suche nach dem nächsten ahnungslosen Opfer“, sagte Ernestine.

„Na und?“ sagte die Pferdebremse schnippisch und schwirrte davon.

„Herzlich willkommen im Stinktierland“, sagte Caruso zu seinen beiden Freundinnen.

Nichts als ein paar alte Sachen

Es dauerte nicht lange, bis die Bootsinsassen an einem kleinen, mit hohem Schilfrohr bewachsenen Inselchen ankamen. Mitten darauf stand eine Wellblechhütte. Beim Näherkommen sahen sie, daß die Hütte bewohnt war. Ein großes, altes Krokodil saß auf der baufälligen Veranda und rauchte gemütlich eine Maiskolbenpfeife. Es schien sie nicht zu bemerken.

„Laßt uns schnell vorbeifahren", sagte Emily, die keinerlei Verlangen verspürte, die Bekanntschaft mit einem Krokodil zu machen.

„Nur noch ein Stück näher", kommandierte Ernestine und zeigte auf ein Holzschild, das halb von Schilfrohr bedeckt war. „Was steht darauf?"

„Vermutlich steht ‚Betreten verboten' darauf", erwiderte Emily. „Mir gefällt das alte Krokodil ganz und gar nicht!" Ernestine kniff die Augen zusammen, um besser sehen zu können. „FLUSSMUSEUM – EINTRITT ZWANZIG PFENNIG."

„Museen sind eine sehr lehrreiche Sache", sagte Caruso. „Ich finde, wir sollten es uns anschauen!"

„Finde ich auch." Ernestine wackelte zustimmend mit dem Kopf.

„Ich finde, das ist keine besonders gute Idee." Emily war nur schwer zu überzeugen.

„Nur keine Angst!" beruhigte Caruso seine Freundin. „Uns wird schon nichts passieren."

Ernestine ließ das Boot ans Ufer der Insel gleiten, und Caruso half Emily, die bereits am ganzen Körper zitterte, aus dem Boot.

„Seltsam", sagte Caruso, „der Weg ist völlig zugewachsen. Sieht aus, als wären schon lange keine Besucher mehr hiergewesen."

„Wer hat schon Interesse daran", dachte Emily sich im stillen, „einen Ort zu besichtigen, an dem ein lebendiges Krokodil auf der Veranda sitzt?"

Es dauerte eine Weile, bis sie sich ihren Weg durch das dichte Schilfrohr gebahnt hatten. Während der ganzen Zeit nahm das Krokodil keinerlei Notiz von ihnen.

„Wahrscheinlich schläft es", flüsterte Ernestine.

Doch als sie schließlich vor der Veranda standen, nahm das Krokodil seine Maiskolbenpfeife aus dem Maul und tippte lässig an seinen Strohhut.

„Tach", sagte es in einem schleppenden, südlichen Tonfall.

„Einen schönen, guten Tag", erwiderte Caruso höflich. „Wir sind hier, um das Museum zu besichtigen."

„Bedauere", sagte das Krokodil, „das Museum ist sonntags geschlossen."

„Gehen wir doch!" flüsterte Emily.

„Ach, wissen Sie", sagte Caruso, „sicher können Sie doch eine Ausnahme machen, nur dieses eine Mal!"

„Ja, bitte!" sagte Ernestine. „Wir sind ganz verrückt nach Museen."

„Laßt uns gehen!" flüsterte Emily erneut.

„Das Museum ist zu, und damit basta!" sagte das Krokodil.

„O bitte!" sagte Caruso.

„Bitte!" quengelte Ernestine.

„Bitte!" sagte auch Emily – aber zu Caruso und in einem flehentlichen Ton. Sie wollte diesem Ort so schnell wie möglich den Rücken kehren.

Das Krokodil nahm seinen Hut ab und kratzte sich nachdenklich an der Stirn. „Schön!" sagte es dann. „Wenn dieses

junge Fräulein so sehnlichst in das Museum möchte, sollte ich in diesem Fall vielleicht eine kleine Ausnahme machen."

„Wunderbar!" freute sich Caruso und drückte dem Krokodil sechzig Pfennig in die Hand.

„Moment mal!" sagte das Krokodil. „Das macht eine Mark pro Nase."

„Was??!" rief Caruso.

„Das ist eine besondere Gelegenheit", sagte das Krokodil grinsend. „Haben wir doch eben besprochen, oder?"

Caruso wandte sich hilfesuchend an seine Freundinnen.

„Jetzt sind wir schon so weit gekommen", sagte Ernestine. „Und ich möchte unbedingt wissen, was es zu sehen gibt."

„Einverstanden." Caruso seufzte und legte dem Krokodil drei Markstücke in die ausgestreckte Handfläche.

„Besten Dank", sagte das Krokodil. „Ihr dürft hineingehen und dortbleiben, solange es euch beliebt. Fotografieren ist ebenfalls erlaubt."

Caruso, Emily und Ernestine gingen an dem seltsamen Museumswärter vorbei und betraten das Innere des Hauses. Die Fliegendrahttür fiel krachend hinter ihnen ins Schloß.

„Es ist stockdunkel hier", flüsterte Ernestine.

„Ich sehe überhaupt nichts", hörte man von irgendwoher Caruso sagen.

„Kommt, laßt uns gehen!" schlug Emily erneut vor.

„Immer mit der Ruhe!" besänftigte sie Caruso und zündete ein Streichholz an. „Paßt auf, daß ihr über nichts stolpert!" mahnte er.

„Ich glaube, ich sehe etwas", sagte Emily.

Und tatsächlich konnten Caruso, Emily und Ernestine in der Mitte des kleinen Raums einen Ausstellungskasten erkennen.

„Sieht aus wie etwas ganz Wichtiges", sagte Ernestine.

Sie gingen näher.

„Was ist drin?" fragte Ernestine aufgeregt und hoffte, gleich einen Schrumpfkopf oder etwas ähnlich Interessantes zu entdecken.

Alle beugten sich gespannt über den Glaskasten. Darin befanden sich drei Gegenstände. Sie waren numeriert mit „Eins", „Zwei" und „Vier".

„Was ist das?" fragte Emily und zeigte auf einen Gegenstand, der wie eine kleine, weiße Feder aussah.

Caruso las vor, was auf dem Schildchen neben dem Ausstellungsobjekt Nummer eins stand: „‚Kleine, weiße Feder, vermutlich von einer Gans. Aufgefunden am 1. Mai 1883, als sie flußabwärts trieb.'"

„Nicht sehr interessant!" sagte Ernestine enttäuscht.

„Schauen wir uns den zweiten Gegenstand doch einmal an!" schlug Caruso vor.

Emily las laut: „‚Weißer Plastikbecher, der am 10. Juni 1957 auf dem Fluß schwamm.'"

„Wie langweilig!" sagten Caruso und Ernestine wie aus einem Munde.

Rechts von Nummer zwei zunächst . . . nichts!

„Seltsam!" sagte Caruso.

„Was ist das?" fragte Ernestine und betrachtete das Ausstellungsstück Nummer vier mit Interesse.

„Sieht aus wie Sand!" sagte Emily.

Caruso las vor, was auf dem Schildchen darunter stand: „‚Ein Teelöffel heimischer Schwemmsand, ausgestellt am 3. August 1903.'"

„Dieses Krokodil hat vielleicht Nerven!" schimpfte Ernestine.

Die anderen waren derselben Meinung.

„Ich glaube, wir sollten jetzt wirklich gehen", sagte Emily mit Nachdruck.

„Du hast recht." Caruso und Ernestine tasteten sich durch die Dunkelheit zur Tür ins Freie.

„Geht ihr schon?" fragte das alte Krokodil und kaute auf dem Pfeifenhals herum.

„Erraten!" sagte Caruso wütend und stapfte in Richtung Ruderboot davon.

Emily blieb Caruso dicht auf den Fersen, nur Ernestine blieb kurz stehen.

„Ist noch was?" fragte das alte Krokodil.

„Ich wüßte ganz gern", sagte Ernestine, „was mit dem dritten Ausstellungstück passiert ist."

„Ach, das!" sagte das Krokodil. „Das habe ich herausgenommen, weil ich fand, daß es nicht interessant genug war."

„Und was für ein Gegenstand war das?" fragte Ernestine neugierig.

„Eine ausgestopfte Schildkröte!" kicherte das Krokodil und kaute wieder betont gelangweilt auf dem Pfeifenhals herum.

„Übrigens", sagte Ernestine, „leben Sie schon lange im Stinktierland?"

„Ich bin hier geboren!" erwiderte das Krokodil stolz.

„Hab' ich mir doch gedacht!" sagte Ernestine.

Flußfieber

„Allmählich habe ich vom Rudern die Nase voll“, maulte Ernestine.

„Fühlen wir uns heute etwa müde und lustlos?“ fragte da eine Stimme von irgendwoher.

„Wer hat da eben gesprochen?“ sagte Caruso verblüfft und sah sich suchend um.

„Das bin nur ich!“ sagte die Stimme.

Erstaunt erblickten die drei Freunde einen Waschbären, der in einem kleinen Kanu auf sie zugerudert kam.

„Es sei mir gestattet, mich vorzustellen“, sagte der Waschbär. „Mein Name ist Dr. M., und ich sehe, daß meine Dienste hier dringend benötigt werden. Wie lange schon fühlt ihr euch schlapp, ausgelaugt, nicht ganz auf der Höhe?“

Caruso, Emily und Ernestine blickten einander ratlos an.

„Wir fühlen uns ausgezeichnet“, versicherte ihm Emily. „Obwohl ich eine kleine Stärkung durchaus gebrauchen könnte.“

„Aha!“ sagte Dr. M. triumphierend. „Unkontrollierbares Hungergefühl. Eines der ersten Symptome des Flußfiebers. Was für ein Glück ihr habt, daß ich zufällig des Weges kam. Streckt einmal eure Zungen heraus!“

Dr. M. öffnete seine kleine schwarze Tasche und nahm ein Holzstäbchen heraus.

„Sagt *ahh*“, befahl er.

„Das werden wir nicht tun“, sagte Caruso bestimmt. „Ist doch wohl lächerlich!“

„Hmmm.“ Der Doktor kratzte sich nachdenklich am Kinn. „Leicht gereizt, nicht wahr?“

„Lassen Sie uns in Ruhe!“ Caruso war mit seiner Geduld am Ende.

„Wie ihr wollt!“ sagte Dr. M. beleidigt. „Wenn ihr glaubt, auf ärztlichen Beistand in dieser Gegend verzichten zu können, dann soll mir das egal sein! Ich bin sicher, es gibt mehr als genug Flußreisende, die eine Untersuchung durch einen höchst kompetenten, bestens ausgebildeten Waschbärarzt zu schätzen wissen!“ Mit diesen Worten paddelte er davon.

„Ich habe den Eindruck, dieser komische Waschbär hätte uns liebend gerne krank gesehen“, sagte Emily.

„Wir haben im ganzen Stinktierland noch kein einziges ehrliches Geschöpf getroffen“, klagte Ernestine. „Das Geschichtsbuch hat wirklich nicht übertrieben.“

„*Ich* bin ehrlich“, ertönte da ein liebliches Sopranstimmchen über ihren Köpfen.

Die drei Freunde blickten empor und sahen einen hübschen gelben Schmetterling, der über dem Boot seine Kreise zog.

„Ich bin grundehrlich und lüge nie. Nicht ein klitzekleines bißchen."

„Das freut mich sehr", sagte Emily. „Wir wollten schon alle Hoffnung aufgeben, daß es im Stinktierland auch nette Leute gibt. Jeder, den wir bisher getroffen haben, hatte eine Macke!"

„Ist das nicht schrecklich?" flötete der hübsche Schmetterling. „Es macht mich ganz krank, wenn ich daran denke, wie manche Leute sich hierzulande benehmen. Wie oft habe ich mir schon gesagt: ‚Rachel, die Leute hier sind einfach zu hinterhältig und gemein. Es wäre besser, du zögest in ein anderes Gebiet.' Aber wenn ich mir dann überlege, wie schön dieser Teil des Flusses ist, beschließe ich, doch zu bleiben."

„O ja, es ist wirklich sehr schön hier", pflichtete Emily ihr bei.

„Aber das hier ist noch nicht die schönste Gegend“, sagte der Schmetterling. „Der schönste Teil liegt hinter der nächsten Flußbiegung. Dort ist es so ruhig und friedlich. Es wird euch sicher gefallen!“

„Ganz bestimmt!“ sagte Ernestine.

„Auf Wiedersehen!“ sagte der Schmetterling.

„Auf Wiedersehen!“ riefen die drei Freunde.

„Ein reizendes kleines Geschöpf!“ sagte Caruso. „Mal was anderes zur Abwechslung!“

Emily zog die Ruder ein und ließ das Boot treiben. „Nach all der Aufregung würde ein kleines Nickerchen nicht schaden“, meinte sie.

„O ja, nur ein paar Minuten“, sagte Ernestine und gähnte ausgiebig.

„So viel Neues zu sehen ist ziemlich anstrengend“, sagte auch Caruso, der ebenfalls eine leichte Müdigkeit verspürte. „Ein Schläfchen wird uns guttun!“

Und schon waren die drei Freunde eingedöst, während das Boot gemächlich den Fluß hinuntertrieb.

Zwei junge Eichhörnchen saßen auf einem Ast und sahen das Boot vorbeifahren.

„Junge, Junge, den dreien steht eine schöne Überraschung bevor", sagte das eine.

„Schon zu spät!" sagte das andere.

Und tatsächlich war es für die drei Freunde bereits zu spät, denn gleich hinter der Flußbiegung warteten die gefürchteten Reißendrasenden Stromschnellen auf das kleine Boot. Das unverkennbare Wasserrauschen war bereits zu hören.

Emily murmelte im Schlaf etwas vor sich hin. „Wieso dreht bloß keiner den Wasserhahn zu? Die Wanne läuft bald über."

Mit einem Schlag war Ernestine hellwach.

„Stromschnellen!" rief sie voller Angst. „Haltet euch fest!"

Schon im nächsten Augenblick bemerkten sie, wie sie zunehmend schneller wurden. Das Geräusch des rauschenden Wassers wurde ohrenbetäubend, und das kleine Boot wurde wie ein Korken hin- und hergeworfen. Von einer Richtung in die andere.

Ernestine wurde kreidebleich.

Caruso klammerte sich mit Leibeskräften am Bootsrand fest, um ja nicht herauszufallen. Sein Fell war tropfnaß.

Je weiter sie kamen, desto reißender wurden die Stromschnellen. Das Boot begann, sich wie wild im Kreis zu drehen. Carusos Hut flog ins Wasser und Emilys Sonnenschirm gleich hinterher.

Ernestine hatte sich der Ruder bemächtigt und versuchte schwitzend und mit aller Macht, das Boot, das wie eine Nußschale auf den Wellen auf und ab tanzte, unter Kontrolle zu halten.

Caruso hielt sich krampfhaft am Bootsrand fest.

„Heidewitzka!" rief Emily bei jeder Talfahrt, die das Boot machte. Sie schien sich unbändig zu amüsieren.

„Ruhe!“ zischte Caruso. „Wir sind hier nicht auf dem Rummelplatz, falls es dir entgangen sein sollte!“

„Ja, aber es ist mindestens ebenso lustig!“ quietschte Emily.

Der Fluß wurde allmählich wieder ruhiger. Die Stromschnellen wurden weniger wild. Das Herumschlingern und Schleudern hörte auf. Und schon bald hatten die drei das wilde Tosen hinter sich gelassen.

„Wir sind in Sicherheit“, sagte Ernestine erleichtert.

„Ich hatte schon befürchtet, das wäre das Ende“, ächzte Caruso.

„*Ich* könnte gerade noch einmal von vorne beginnen“, sagte Emily vergnügt.

Doch diese Bemerkung überhörten ihre beiden Freunde tunlichst.

„Daran ist nur dieser verlogene Schmetterling schuld", brummte Caruso verärgert.

„Und dabei sah er so lieb und nett aus", sagte Ernestine.

„Tja, der äußere Schein kann trügen", bemerkte Caruso. „Es ist nicht alles Gold, was glänzt."

„Besonders im Stinktierland", fügte Ernestine hinzu.

„Dann wollen wir mal eine Schadensbilanz aufstellen", sagte Caruso.

„Also ich, zum Beispiel, habe zwei aufgeschürfte Knie", stellte Ernestine sachlich fest.

„Aufgeschürfte Knie? Aufgeschürfte Knie?" ertönte da eine bekannte Stimme. „Braucht da jemand ärztlichen Beistand?"

Es war kein anderer als der kleine Waschbär mit seiner schwarzen Arzttasche.

„Wo kommen *Sie* denn schon wieder her?" fragte Ernestine.

„Das ist ein medizinisches Geheimnis, das ich nicht preisgeben darf", sagte Dr. M.

Als der Doktor Ernestines Knie sah, schien er hoch erfreut. „Hübsch, sehr hübsch!" murmelte er. „Nun wollen wir einmal überlegen, wie man die Verletzungen behandeln könnte. Selbstverständlich könnten wir die Knie verschienen. Eine andere Möglichkeit wäre ein Streckverband. Aber vielleicht sollte ich ganz einfach operieren?"

„Operieren!" keuchte Ernestine.

„Wie wäre es mit einem simplen Verband an jedem Knie?" sagte Emily.

Die Augen des guten Doktors verengten sich zu kleinen Schlitzen. „Ich wußte gar nicht, daß Sie ebenfalls Medizin studiert haben", sagte er sarkastisch.

„'tschuldigung!" sagte Emily.

„Natürlich", fuhr der Doktor fort, „werde ich ein sehr starkes Schmerzmittel verabreichen müssen."

„Aber es tut kein bißchen weh", protestierte Ernestine.

„Kalte Umschläge lassen die Schwellung abklingen!" fuhr der Doktor unbeeindruckt fort.

„Aber die Knie sind kein bißchen geschwollen", warf Emily ein.

„Oh, na schön", murrte der Doktor. „Dann müßte ein kleiner Verband an jedem Knie ausreichen. Aber macht mir hinterher keine Vorwürfe, wenn die Knie abfallen."

Dr. M. verband Ernestines Knie.

„Und nun, wer möchte als nächster behandelt werden?" Erwartungsvoll schaute der Doktor in die Runde.

„Wir sind putzmunter und in bester Verfassung", sagte Emily.

„Es könnte uns nicht besser gehen“, bestätigte Caruso eilfertig.

Der Doktor griff in seine kleine schwarze Tasche und holte verschiedene Döschen mit Pillen und Tabletten heraus.

„Um auf Nummer Sicher zu gehen“, erklärte er, „nehmt drei von den gelben Kapseln viermal täglich, und zwar eine Woche lang. Außerdem stündlich, und zwar jeweils zur vollen Stunde, eine von diesen großen lila Pillen, aber höchstens sechzehn Tage hintereinander. Falls es zu verstärktem Herzklopfen kommen sollte, reduziert die Dosis auf eine Pille alle sechs Stunden für maximal siebenunddreißig Tage. Das Ganze macht dann eintausend Mark bitte!“

Caruso verlor die Fassung und sagte einige sehr deutliche Worte zu dem Doktor.

„Diebe! Betrüger!" brüllte der Waschbär. „Erst nehmt ihr meinen medizinischen Rat in Anspruch, und dann weigert ihr euch, dafür zu bezahlen!"

„Hier, nehmen Sie!" sagte Caruso und gab ihm fünfzig Pfennig. „Und das sind vermutlich noch vier Groschen zuviel!"

„Frechheit!" schimpfte der Waschbär. „Euch werde ich nie wieder behandeln." Wütend nahm er seine Arzttasche und paddelte davon.

Auch die drei Freunde setzten ihre abenteuerliche Fahrt fort.

Ein paar hundert Meter weiter flußabwärts kamen sie an einem bemoosten Grenzstein vorbei.

„Schaut, daneben steht ein Schild", rief Ernestine.

Sie verlassen nun
das gastfreundliche Stinktierland

„Herrje!" rief Ernestine. „Ich bin heilfroh, daß dem so ist!"

Wilma Maier

„Die Fahrt über die Stromschnellen hat mich schrecklich hungrig gemacht.“ Ernestine klopfte bedeutungsvoll auf ihren Bauch.

„Mich auch!“ Caruso schnalzte mit der Zunge.

„Gut“, sagte Emily und warf einen skeptischen Blick in den Picknickkorb. „Ich denke, das wird für alle reichen.“

„Warum halten wir nicht an und machen ein Picknick?“ schlug Ernestine vor.

Caruso und Emily fanden, das sei eine ausgezeichnete Idee.

„Dort oben sehe ich eine schöne Wiese“, sagte Caruso. „Da könnten wir Pause machen.“

Ernestine band das Boot an einem Baumstamm fest und breitete die indische Decke mitten auf der Wiese aus. Caruso schleppte den Picknickkorb herbei.

„Er kommt mir irgendwie leichter vor“, sagte er.

„Na ja, ein Mädchen wie ich muß schließlich ab und zu etwas essen“, meinte Emily.

„Sind wenigstens noch ein paar Hackfleischbällchen übrig?“ erkundigte sich Ernestine vorsichtig.

„Ein paar, ja!“ sagte Emily.

Aber die wenigen übriggebliebenen Hackfleischbällchen waren ganz matschig.

„Es gibt nichts Schlimmeres als matschige Hackfleischbällchen“, maulte Caruso.

„Ich wünschte, du hättest dem Landstreicher nicht alles Sauerkraut und den ganzen Kartoffelsalat gegeben“, sagte Emily.

Ernestine reckte plötzlich den Kopf in die Höhe.

„Was ist das für ein Geräusch?“ fragte sie.

„Ich höre nichts", sagte Caruso.

„Ich schon", sagte Emily. „Da singt doch jemand."

Die drei Freunde sahen sich neugierig um, aber weit und breit war niemand zu sehen.

„Seltsam, seltsam!" sagte Caruso.

Das Singen schien näher zu kommen. Sie konnten nun sogar die Worte verstehen. Es war eine Ballade, in der es um Liebe, Blumen und den Mond ging.

„Das ist wirklich äußerst seltsam", sagte Caruso. „Ein Lied, aber kein Sänger!"

Plötzlich fiel ein Schatten auf ihre Decke.

„Ich bin hier oben", sagte eine Stimme.

Als Caruso, Emily und Ernestine die Köpfe hoben, sahen sie einen Heißluftballon über ihnen schweben. In der Gondel saß eine hübsche Beutelratte, die auf einer Gitarre klimperte und ihren Kopf neugierig über den Gondelrand reckte.

„Guten Tag“, begrüßte Caruso sie höflich. „Wer bist *du* denn?“

„Hallo“, sagte die Beutelratte fröhlich. „Mein Name ist Amanda Sonnenschein.“

„Welch hübscher Name!“ sagte Ernestine.

„Danke!“ sagte Amanda Sonnenschein. „Ich hab' ihn mir selbst zugelegt. Eigentlich heiße ich Wilma Maier, aber das hat mir nicht gefallen. Mein neuer Name ist mir viel lieber. Er paßt besser zu mir, und die anderen wissen gleich, was für ein Typ ich bin.“

„Er ist . . . sehr originell!“ bemerkte Ernestine.

„Ja, wirklich!“ sagte Caruso.

Emily sagte nichts.

„Das Lied, das du gesungen hast, war entzückend“, lobte Ernestine.

„Oh, das stammt auch von mir“, sagte Amanda Sonnenschein. „Ich schreibe selbstverständlich *alle* meine Lieder selbst.“

„Du hast Talent“, sagte Ernestine.

„Ja, wirklich!“ sagte Caruso.

Emily schwieg noch immer.

„Ich werde jetzt ein neues Lied für meine drei neuen Freunde komponieren“, verkündete Amanda Sonnenschein freudestrahlend. „Es handelt vom Sommer und vom Zufriedensein.“

Amanda schlug eine Saite auf ihrer Gitarre an und sang ein Lied über den Sommer, das Zufriedensein und neue Freunde.

„Das war noch schöner als das erste“, sagte Ernestine hingerissen.

„Warum landest du nicht für einen Moment und trinkst ein Glas Bowle mit uns?“ Caruso machte eine einladende Handbewegung.

„Und ißt ein belegtes Brötchen?“ ergänzte Emily.

„O nein.“ Amanda Sonnenschein wehrte ab. „Ich bin Vegetarierin. Ich ernähre mich ausschließlich von Nüssen. Trotzdem besten Dank für die Einladung."

„Wohin fliegst du?" wollte Ernestine nun wissen.

„Wohin der Wind mich trägt", flötete Amanda. „Tschüs!" Und die Art und Weise, wie sie es sagte, klang wie eines ihrer Lieder.

Die drei Freunde sahen den Ballon davontreiben, während Amanda Sonnenschein bereits wieder ein Lied über den Wind komponierte.

„Hat sie nicht eine hinreißende Stimme?" fragte Ernestine ergriffen.

„Ja, wirklich, das hat sie", sagte Caruso und schaute Amanda Sonnenschein mit verträumtem Blick hinterher.

Die Vorführung

„Da vorne sehe ich einen Kirchturm", rief Emily aufgeregt.

Caruso war inzwischen mit dem Rudern an der Reihe. „Schau mal auf die Karte", sagte er zu Ernestine.

„Das muß Fantastiburg sein", sagte Ernestine.

„Ist das eine große Stadt?" fragte Emily.

„Ich habe gelesen, daß es in Fantastiburg eine Bücherei, einen Musikpavillon und sogar ein Theater gibt", erklärte Caruso.

Schon bald war mehr von Fantastiburg zu sehen.

„Ich würde vorschlagen, wir machen halt und schauen uns den Ort einmal näher an", schlug Emily vor.

„Ich wette, man kann hier ein paar tolle Ansichtskarten kaufen", sagte Ernestine.

Seltsamerweise aber war am Kai von Fantastiburg kein Mensch zu sehen.

„Hier scheint nicht viel los zu sein", sagte Emily enttäuscht.

„Höchst merkwürdig!" brummte Caruso.

„Wo mögen bloß die Leute sein?" fragte sich Ernestine.

Sie gingen eine Straße hoch und kamen auf einer anderen wieder zurück. Doch Fantastiburg lag still und verlassen da. Keine Menschenseele war weit und breit zu sehen.

„Ich finde es richtig unheimlich hier." Emily lief ein eiskalter Schauer über den Rücken.

„Vielleicht ist es eine Geisterstadt", sagte Ernestine mit funkelnden Augen und hoffte, daß dem wirklich so sei.

Sie kamen auf einen großen Platz. In dessen Mitte stand ein alter Musikpavillon, bewachsen mit wunderbar duftenden Geißblattbüschen. Noch immer hatten sie niemanden zu Gesicht bekommen.

„Laßt uns gehen!“ sagte Emily schließlich.

Die beiden anderen willigten ein, doch als sie sich gerade auf den Rückweg machen wollten, eilte eine Gestalt auf sie zu. Es war ein kleiner roter Fuchs.

„Heureka!“ rief der Fuchs.

Er hatte einen Zylinder auf dem Kopf, einen Stock in der Hand und eine frische Gardenia im Revers.

„Du da!“ rief er und zeigte mit dem Stock auf Caruso. „Komm schnell mit!“

„Was ist los?“ fragte Caruso verdutzt.

Der Fuchs betupfte sich die Stirn mit einem Tüchlein. Seine Aufregung war nicht zu übersehen.

„Ich erkläre es dir unterwegs“, sagte er. „Bitte komm! Es geht um Leben oder Tod oder so für mich!“

„Na schön“, willigte Caruso ein, „wenn es so wichtig ist! Aber meine Freundinnen müssen auch mitkommen!“

„Ja, ja“, sagte der Fuchs, „aber gehen wir rasch!“

Caruso, Emily und Ernestine folgten dem Fuchs durch die leere Hauptstraße.

„Schneller!“ drängte der Fuchs. „Das Theater ist noch vier Querstraßen weiter, und das Publikum wird immer unruhiger!“

„Welches Theater und welches Publikum?“ Caruso tat erstaunt.

„Die Zuschauer im Theater!“ rief der Fuchs aus. „In *meinem* Theater! Alle Bewohner der Stadt sind dort versammelt!“

„Alle Bewohner?“ fragte Ernestine ungläubig.

„Ja“, sagte der Fuchs und beschleunigte seine Schritte noch mehr. „Der Bürgermeister, der Richter, der Polizeipräsident! Alle sind sie dort!“

Das Quartett kam nun in einem beachtlichen Tempo voran.

W
N
S
E

„Aber was hat das alles mit mir zu tun?“ wollte Caruso atemlos wissen.

„Ganz einfach“, erklärte der Fuchs. „Wir wollen heute ‚Goldlöckchen und die drei Bären‘ aufführen, und einer der Bären ist in letzter Minute krank geworden.“

„Aber Sie erwarten doch sicher nicht von mir, daß ...“, wollte Caruso sagen, als er auch schon unterbrochen wurde.

Der Fuchs war abrupt stehengeblieben und auf die Knie gefallen.

„Ich flehe Sie an!“ rief er. „Wer hat denn je von Goldlöckchen und den *zwei* Bären gehört?“

„Das stimmt!“ pflichtete Emily ihm bei.

Dem armen Fuchs traten Tränen in die Augen.

„Wenn mein Stück kein Erfolg wird, muß ich die Stadt

verlassen. ‚Goldlöckchen‘ ist hier in der Gegend der absolute Renner.“

„Aber ich kann doch nicht Theater spielen“, sagte Caruso verzweifelt.

„Ach was!“ widersprach der Fuchs. „Das ist egal. Es ist eine ganz leichte Rolle. Alles, was Sie sagen müssen, ist: ‚Wer hat auf meinem Stuhl gesessen? Wer hat meinen Haferbrei aufgegessen?‘ und ‚Wer hat in meinem Bettchen geschlafen?‘“

„Aber ich habe bestimmt Lampenfieber und kriege keinen Ton raus“, gab Caruso zu bedenken.

„Alle *guten* Schauspieler haben Lampenfieber“, erklärte der Fuchs ungerührt.

„Ja, wirklich?“ Caruso kratzte sich nachdenklich am Kinn.

Der arme Fuchs konnte einem wirklich leid tun, wie er so vor den anderen auf der Straße kniete.

„Vielleicht sollte ich es wirklich versuchen“, überlegte Caruso. „Es ist irgendwie eine Herausforderung!“

„Hört sich an, als würde es ganz lustig werden“, kicherte Ernestine.

„Ich bin davon überzeugt, daß du es kannst“, grunzte Emily.

„Gut, ich mache es!“ sagte Caruso.

„Ich bin gerettet!“ rief der Fuchs überglücklich und fiel Caruso um den Hals.

Als sie wenig später am Theater ankamen, hörten sie von drinnen ärgerliches Stimmengemurmel.

„Herrje!“ sagte der Fuchs mit Panik in der Stimme. „Das Publikum tut bereits sein Mißfallen kund!“

In aller Eile gingen die vier zur Bühnentür und betraten das Theater. Emily und Ernestine standen still im Hintergrund, während der Fuchs hinter den Kulissen Caruso der Truppe vorstellte.

„Wir sind gerettet!“ riefen alle im Chor.

„Ich werde nun dem Publikum ankündigen, daß die Vorstellung in wenigen Minuten beginnen wird", sagte der Fuchs zu Caruso. „Zieh derweil dein Kostüm an."

Caruso wurde in seine Garderobe geführt.

„Ich bin überhaupt nicht nervös", murmelte er immer wieder vor sich hin.

Emily und Ernestine saßen währenddessen auf einem dicken Baumstamm und beobachteten gelassen die Aufregung hinter den Kulissen.

Eine Ente mit einer gelben Lockenperücke watschelte vorbei.

„Das muß Goldlöckchen sein", meinte Emily.

„Ich bin gespannt, welchen der drei Bären Caruso darstellen muß", sagte Ernestine.

„Ich auch!" sagte Emily.

Ein großer Bär mit einem Strohhut auf dem Kopf und einer großen gepunkteten Fliege um den Hals trat aus einer Garderobe und schritt bedächtigen Schrittes auf und ab. Er lernte seinen Text auswendig.

„*Wer* hat in meinem Bett geschlafen?" sagte er mit einer tiefen, kräftigen Stimme. „Wer *hat* in meinem Bett geschlafen? Wer hat in meinem Bett *geschlafen?*"

„Das muß Papa Bär sein", flüsterte Ernestine.

„Wo ist mein Halsspray?" brüllte da eine dicke Bärendame. „Und warum stehen keine Blumen in meiner Garderobe?"

„Mama Bär", flüsterte Emily Ernestine zu.

„Ach je!" sagte Ernestine. „Weißt du, was *das* bedeutet?"

In dem Moment öffnete sich langsam die Tür von Carusos Garderobe.

„Gleich kommt er", sagte Emily gespannt.

„Du kannst tun, was du willst", sagte Ernestine, „aber bitte lach jetzt nicht!"

„Ist doch klar!" versprach Emily.

Caruso kam aus seiner Garderobe. Er trug ein Bärenbabykostüm.

„Ich sehe lächerlich aus", klagte er verzweifelt.

„Du siehst gut aus", beruhigte Ernestine ihn.

„Vorhang auf in zwei Minuten!" rief da bereits der Fuchs.

„Ich glaube, ich bin zu groß für diese Rolle", gab Caruso erneut zu bedenken.

„Na ja", meinte der Fuchs, „aber daran können wir ja jetzt nichts mehr ändern. Wichtig ist nur, daß du mit einer ganz hohen, piepsigen Stimme sprichst, dann fällt es dem Publikum nicht so auf. Ein guter Schauspieler kann dem Publikum *alles* weismachen!"

„Ich werde mein Bestes tun!" versprach Caruso.

„Das ist die richtige Einstellung!" lobte Ernestine.

„Hals- und Beinbruch!" rief die Ente, die Goldlöckchen darzustellen hatte.

„Wie kann man nur so etwas Schreckliches sagen?" rief Emily entsetzt.

Ernestine erklärte ihr, daß „Hals- und Beinbruch" ein Ausdruck ist, der unter Schauspielern „Viel Glück" bedeutet.

„Vorhang auf!" rief der Fuchs.

Emily und Ernestine hielten den Atem an. Mit einem leisen, surrenden Geräusch hob sich der Vorhang, und die Zuschauer spendeten Beifall für das Szenenbild, das das Innere des Bärenhauses darstellte.

„Dein Auftritt!" flüsterte der Fuchs Goldlöckchen zu. „Hals- und Beinbruch!"

Die Ente watschelte auf die Bühne und wurde mit viel Beifall bedacht.

„Sie ist der Star dieses Stücks", flüsterte der Fuchs Emily und Ernestine zu.

Emily und Ernestine betrachteten die Darbietung der Ente mit Wohlwollen und großem Interesse.

„Sie ist nicht wirklich gut“, flüsterte Emily Ernestine ins Ohr.

„Ich glaube, manchmal bringt sie ihren Text durcheinander“, flüsterte Ernestine zurück.

Die Ente auf der Bühne wurde zunehmend verwirrter. „Aber Großmutter“, sagte sie zu der Schüssel Haferbrei, „warum hast du so große Augen?“

Durch die Reihen der Zuschauer ging ein empörtes Zischen.

„Du meine Güte!“ stöhnte der Fuchs, der sich in einem jämmerlichen Zustand befand. „Diese dumme Gans, äh, Ente hat vergessen, welches Stück wir spielen.“

Doch gleich darauf erinnerte sich die Ente wieder an den richtigen Text, und die Zuschauer beruhigten sich.

Als der Auftritt der drei Bären näherrückte, konnten Emily und Ernestine sich vor Aufregung kaum noch auf ihren Sitzen halten.

„Jetzt kommt's!“ flüsterte Ernestine.

„Hals- und Beinbruch!“ grunzte Emily.

In diesem Moment fiel der arme Fuchs in Ohnmacht und mußte mit einem Krug kaltem Wasser wiederbelebt werden.

Doch Papa Bär, Mama Bär und Baby Bär spielten wunderbar. Sie vergaßen keine Silbe ihres Textes und boten ein großartiges Schauspiel.

„Caruso ist der Beste von allen“, flüsterte Emily.

„Ich wußte, daß er es kann“, sagte Ernestine voller Stolz.

Als der Schlußvorhang fiel, begannen die Zuschauer vor

Begeisterung zu toben. Sie riefen „Bravo!“, pfiffen und warfen ihre Programmhefte in die Luft.

„Sagenhaft!“ strahlte der Fuchs. „Welch ein Triumph! Euer Freund kann wirklich schauspielen!“

„Aber klar doch!“ sagten Emily und Ernestine wie aus einem Mund.

Jeder der Schauspieler trat noch einmal einzeln vor den Vorhang und verbeugte sich.

Goldlöckchen erhielt, trotz ihrer vielen Versprecher, einen kräftigen Applaus.

Papa Bär erhielt einen kräftigen Applaus.

Mama Bär ebenfalls.

Als Caruso sich verbeugte, war der Beifall umwerfend.

„Bravo! Bravo!“ riefen die Zuschauer immer wieder. Jemand warf sogar einen Blumenstrauß auf die Bühne.

„So etwas habe ich noch nie erlebt“, sagte der Fuchs.

Als das Rufen schließlich verstummte, kamen der Bürgermeister und weitere Würdenträger der Stadt hinter die

Bühne. Andächtig standen sie um Caruso herum, und Emily und Ernestine waren wieder einmal schrecklich stolz.

„Ich bin froh, daß wir auf die Idee kamen, in Fantastiburg zu halten“, sagte Emily, selig vor Glück.

„Ich auch“, sagte Ernestine.

Die Menschenmenge um Caruso wurde nun immer größer. Jeder wollte einen Blick auf den begnadeten neuen Schauspieler werfen.

„Laßt mich durch!“ hörte man da eine fordernde Stimme.

„Diese Stimme kenne ich doch“, sagte Ernestine.

Es war der Hund mit dem Notizbuch, der sich verzweifelt nach vorne durchkämpfte.

„Endlich!“ Er war ganz aufgeregt, als er vor Caruso stand. „Du hast mir erzählt, du seiest niemand. Und dabei spricht die ganze Stadt von dir!“

„Das ist doch nichts“, sagte Caruso bescheiden. „Ich bin nur für jemanden eingesprungen!“

„Du *mußt* unbedingt in meinem Buch unterschreiben!“ sagte der Hund. „Ich wäre dir ja so dankbar!“

„Nichts lieber als das!“ sagte Caruso großzügig und nahm den Kugelschreiber in die Hand.

Und schon riefen alle nach Autogrammen.

Caruso unterzeichnete höflich die Programmhefte, die ihm entgegengestreckt wurden, und entschuldigte sich dann bei seinen Verehrern.

„Ich muß gehen“, sagte er, „meine Freundinnen warten auf mich.“

Neidische Blicke fielen auf Emily und Ernestine.

„Ich komme mir plötzlich auch sehr wichtig vor“, flüsterte Ernestine Emily zu, deren Gesicht wieder einmal einen dunkelroten Farbton angenommen hatte.

Vor dem Theater wartete eine weitere Schar von begeisterten Bürgern. Sie hoben Caruso, Emily und Ernestine hoch und trugen sie zum Kai.

„Auf Wiedersehen! Auf Wiedersehen!“ rief die Menge laut, als das Ruderboot mit den drei Freunden ablegte.

„Sag mal, Caruso“, sagte Ernestine. „Wie ist das eigentlich, wenn man berühmt ist?“

„Es ist schön“, erwiderte Caruso, „aber jeden Tag möchte ich es nicht sein.“

Stilvolle Heimkehr

„Du liebes bißchen!“ rief Ernestine entsetzt aus. „Schaut mal, wie spät es ist!“

„Die Sonne geht schon unter“, sagte Emily.

„Und wir sind noch ziemlich weit von zu Hause weg“, gab Caruso zu bedenken.

Ernestine wendete abrupt das Boot und ruderte nun in die entgegengesetzte Richtung – in Richtung Heimat.

„Das schaffen wir nie vor Einbruch der Nacht“, zweifelte Caruso.

„Und ich könnte wetten, das alte Krokodil dort im Stinktierland wartet nur auf uns“, fügte Emily ängstlich hinzu.

„Wir könnten die Nacht auch hier in Fantastiburg verbringen und erst morgen früh nach Hause fahren“, schlug Ernestine vor.

„O nein!“ rief Caruso. „Ich schlafe nur äußerst ungern in fremden Betten.“

„Ich auch!“ pflichtete Emily ihm bei.

„Gut. In diesem Fall“, sagte Ernestine, „müssen wir eben einen Zahn zulegen!“

Sie waren jedoch noch nicht weit gekommen, als sie von den Foxterriern in ihrem Rennboot überholt wurden. Diese wußten offenbar nicht, wann der richtige Zeitpunkt zum Aufhören gekommen war.

„Der alte Buzzard Watkins hat sich wirklich stilvoll verabschiedet!“ riefen sie übermütig. „Und das Fest dauert noch an.“

Da hatte Ernestine eine Idee!

„Wir brauchen eure Hilfe!“ rief sie den Terriern zu.

Wie ja jeder weiß, sind Foxterrier zwar schlimme Hallodris, aber dennoch sehr hilfsbereit.

„Ja?“ fragten die Foxterrier neugierig und kamen längsseits. „Was liegt an?“

„Könntet ihr uns flußaufwärts ins Schlepptau nehmen bis nach Rübenstadt?“ fragte Ernestine.

„Klar doch!“ sagte der Oberterrier. „Aber wir sind schnell wie der Wind.“

„Wir bleiben schon hinter euch“, versprach Caruso. Doch es klang wenig überzeugend.

Ernestine warf den Terriern ein Seil hinüber, und die drei Freunde klammerten sich am Boot fest, als ginge es um ihr Leben.

„Das wird eine aufregende Sache!“ rief Emily erwartungsvoll. Für sie waren hohe Geschwindigkeiten nichts Neues.

Mit einem gräßlichen Brummen schoß das Rennboot mit dem Ruderboot und seinen drei Insassen im Schlepptau dann auch schon flußaufwärts.

„Ich darf gar nicht hinsehen!“ sagte Caruso.

„Das ist noch lustiger als die Stromschnellen“, jauchzte Emily vor Begeisterung.

Im Stinktierland gingen gerade die Lichter an, als sie vorbeirasten. Emily hätte schwören können, die gelben Augen des Museumsdirektors auf der Veranda gesehen zu haben.

„Schaut!“ rief Caruso. „Da vorne liegt schon Rübenstadt! Wir haben wirklich enorm viel Zeit gespart!“

„Ich glaube, ich reise lieber in einem etwas gemütlicheren Tempo“, sagte Ernestine, die sich leicht schwindlig fühlte.

Sie gaben den Terriern das Zeichen, das Seil loszumachen, ruderten ans Ufer und gingen mit wackligen Knien nach Hause.

Epilog

Der Wind draußen hatte sich gelegt, und der strömende Regen hatte sich in einen leichten Nieselregen verwandelt.

„Hat euch die Geschichte gefallen?“ fragte Ernestine erwartungsvoll.

„O ja, sehr!“ rief Emily. „Ich kann es kaum erwarten, bis der Sommer kommt!“

„Und wie fühlst du dich inzwischen, Caruso?“ fragte Ernestine neugierig.

Aber aus Carusos Richtung kam nur ein undeutliches Genuschel.

„Ach, du liebe Güte!“ rief Emily. „Ich habe das Thermometer vergessen!“

Sie nahm das Fieberthermometer schnell aus Carusos Mund und las die Temperatur ab.

„Fieber hast du jedenfalls nicht“, sagte sie beruhigt.

„Ich fühle mich auch schon wesentlich besser“, brummte Caruso. „Vielleicht sollten wir diesen Sommer wirklich eine Flußfahrt machen“, schlug er vor. „Aber dann mit einem richtig großen Picknickkorb!“